彼岸花园

李爽 著

华东师范大学出版社
· 上海 ·

图书在版编目（CIP）数据

彼岸花园 / 李爽著. -- 上海 ： 华东师范大学出版社，2024. -- ISBN 978 - 7 - 5760 - 5332 - 6

Ⅰ. I227

中国国家版本馆 CIP 数据核字第 2024MG1745 号

彼岸花园

著　　者　李　爽
责任编辑　朱妙津　古　冈
责任校对　时东明
装帧设计　卢晓红

出版发行　华东师范大学出版社
社　　址　上海市中山北路 3663 号　邮编 200062
网　　址　www. ecnupress. com. cn
电　　话　021 - 60821666　行政传真 021 - 62572105
客服电话　021 - 62865537　门市(邮购)电话 021 - 62869887
地　　址　上海市中山北路 3663 号华东师范大学校内先锋路口
网　　店　http://hdsdcbs. tmall. com

印 刷 者　上海新华印刷有限公司
开　　本　890 毫米×1240 毫米　1/32
印　　张　6.75
字　　数　145 千字
版　　次　2024 年 10 月第 1 版
印　　次　2025 年 1 月第 2 次
书　　号　ISBN 978 - 7 - 5760 - 5332 - 6
定　　价　68.00 元

出 版 人　王　焰

（如发现本版图书有印订质量问题,请寄回本社客服中心调换或电话 021 - 62865537 联系

谨以此书——

献给天空
献给大地

献给 美丽的神灵

献给布莱士·帕斯卡
献给费尔南多·佩索阿

献给你们
献给我自己
献给我所热爱的
你

一个孤独的阅读者的随想

序

魏明德（B. Vermander）

"立"与"风"之间

有土地。有花园。有房间。有梧桐树。有好书。还有今天。

这就是"立"的国度。

有白云。有羽毛。有流光。有梦想。有过去。有未来。

这就是"风"的无限国度。

立于内而游于外——两者可以同时做到吗？

芦苇可以做到这一点。

芦苇随风、随光、随云、随梦而颤动。

芦苇依旧，花园、树木和房间也依旧。

芦苇是停歇的风。

像诗歌一样。

像诗人一样。

诗歌就是芦苇。芦苇就是诗人。

诗在"立",诗也在"游"。

强为之名曰"立风"。

*

你要学习如何与诗人保持沉默。

因为他们是用文字才维持沉默,

用缓慢而稀少的词语抚摸沉默。

他们是用文字让你听到风的闷响。

你要和诗人一起聆听风声。

你要和他们呆在一起。

你要和他们停下来,才能走得更远,

才能到花园的尽头,能到灵魂的底部。

其实,你永远也到不了灵魂的底部。

太遥远了。

但它是路的尽头，但它是路的目标。

风从那里来，泉从那里流。

那是你找到"立"之力。

当地狱似乎取得胜利时，天堂就藏在那里。

诗歌是临时的天堂。

你从一个临时天堂徘徊到另一个临时天堂、

你从花园的门户走到街道的尽头、

你从一天的开始走到一天的结束。

当诗歌将你的一天变成一小片天堂时，那是多么美妙！

*

有时，即使有诗歌之灯，一切都是黑色的。

"诗"就是你驯服黑暗的"若存"。

黑夜在你周围变成光明。

不会一下子。

一步一步，一闪一闪，黑夜在你周围会变成光明。

花园会变成世界。

世界会变成花园。

"立"与"风"之间，再无缝隙。

诗人与读者之间，没有隔阂。

诗与寂静之间，再无缝隙。

光明拥抱黑暗，黑暗充满光明。

到了那一天，你可以合上书本，可以走出去，

因为书已经在你身上成了肉体，

世界也成了书的血肉。

2024. 05. 10

于复旦邯郸校园

目　录

芦苇丛

4

我的彼岸花园

立风的歌

我的自白

我的双眼

在天上

我常常

审视着我自己

是不是还有一点

天使般的模样

我的双脚

在地上

我常常

让自己的长发

随风飘荡

英姿飒爽

我把大地

当作我的床

常常

睡在那里

裸露着

我的心脏

我总是

把灵魂送往

她想去的地方

她想去哪里

就去哪里

自由来往

所到之处

就不再是

我的人间地狱

那里

就成了

我的天堂

2020. 11. 26

你在我的语言之外

语言之外是感觉

语言之外是行为

语言之外是智慧

语言之外是灵魂

语言之外是存在

语言之外是神秘

语言之外是爱

你　在我的语言之外

2023. 12. 31

我想为你画许多太阳

我想为你

画许多太阳

当天上没有了光明

你可以

取出一个

挂在天上

我想为你

把阵阵风儿献上

去吹散

那些难解的迷雾

让属于你的道路

蜿蜒在

你的双目可及的地方

我想独自面对

那些无知的战场

让子弹飞向

他们应该飞去的地方

我想化作一只羔羊

被我的牧羊人

拴在身旁

从此

没有了迷途的悲伤

唯愿

奉献我的所有

给你

给天上

2020. 10. 20

我要把苦难当作生存的粮食

我要把苦难当作生存的粮食
我要把伤感变成诗的样子
我要把阻隔变成心灵的慰藉

我还要把沉默
填满踢踏舞曲里
每一个音符之间的空隙

我想把隔离当作神圣的献祭
我愿把唾液
当作我的奉献
我的爱
我的希望　还有
属于我的真理
并且假装
在亲吻这片我爱的
土地

2022. 10. 08

站立的风 会不会主动停下来

站立的风
会不会主动停下来?

水里的波浪会不会自己做个决定
决定平息它的波澜?

风儿和云究竟有些什么关联
滚滚乌云通常什么时候展露一点可爱?

究竟有没有一个万物的主宰?

还有
是谁告诉楼下的池塘
此刻可以有几条鱼儿在游荡
并且把它们装进了我的视觉里
却对楼上的我
不理不睬?

2023.05.17 晨

莘庄医院 风雨中的病房楼

下午的房间

下午的房间

迅速变得昏暗

如同

开演之前的剧院

心也开始了暗淡　还有

昏然的双眼

站起身转头望出去

一个夕阳　跌落

在地平线的　边缘

瞬间

一个天空闭合了

拉上了它的巨幕

白日的剧　已经终了

人们四散

2022. 10. 12

蓝色的布幔

蓝色的　布幔

蓝色的天空

蓝色的乌云

蓝色的　窗帘

蓝色的服装披在我的身上

我想象

七个蓝色的　星星　还有

一个蓝色的　月亮

和我一起

捉迷藏

我继续想象

一个蓝色的　太阳

挂在对面的白色的　墙上

我和你绕着他们

在飞翔　就像夏加尔和

他的姑娘

2023.05.11　晨

阳光在一双苍白的脚上

这个夏日　清晨

阳光

在　一双苍白的脚上　行走

一缕风

吹落了她的几根　头发

其中　一根也是苍白的

落在了苍白的脚上

然后又飘走

她　的双眼

望向　窗外

她的头发　也依旧是长长的

她的目光

如水一般

空朗

2023.05.16 晨于病房

听　外面的风

闭上眼睛　听

外面的风

吹走了所有乌云

涌起了惊涛骇浪

风的海洋

充满力量

你　感觉到了吗?

2023.05.16 晚风中

我在　巴别塔上
——读匹桑《乌塔耶书》① 有感

我　在　巴别塔上

我　在试图攀登

试图　攀登

巴别塔上的

每一片　砖瓦

既然　粉身碎骨

是我　此生

注定逃脱不了的

命运　那么

上上下下

峭壁与悬崖

又有什么可怕?

这些

不过是

一道道　亮丽的　或者

---

① ［法］匹桑著，吴雅凌译:《乌塔耶书》，北京:人民文学出版社，2017 年。

不怎么亮丽的

风景

罢了

2023. 05. 29

新华路上（一）

新华路上

长出了许多梧桐树的叶子

它们在自由地成长　却

无情地

遮住了太阳

天阴着

我

没有　看见　光亮

这里不是黄昏

这里是清晨

这里的清晨

像黄昏一样

2023.06.01

我喜欢在我的胸前插一朵白色的花

我喜欢在我的胸前插一朵白色的花
让它总是告诉我
死亡就在我身旁

一想到随时我都可能会死去
顿时我的灵魂就会轻盈无比

我确定我死后会回到我的故乡
我确定我死后那里就是我的天堂
那里的泉水滋养了我的童年
那里的泉水成就了我的梦想

我喜欢　插一朵白色的花在我的胸前
就如同泉水里那朵浪花
浇灌在了我的身上
就如同我死后的灵魂
融进了我的故乡

2022. 08. 24

如果

如果

你是一棵树

叶茂根深

我就是

一只欢快的鸟儿

在你的枝头跳来跳去

并把巢儿

安在这里

如果

你是一座山

高耸入云

我想成为

一只展翅的雄鹰

飞翔在你和蓝天之间

映衬你的巍峨挺立

坚定不移

如果

你是一条江河

奔腾不息

我就是

那些汩汩流淌的小溪

让所有的支流汇聚

如果

你是一片绿洲

生机盎然

我就是

烈日炎炎下

寸草不生的荒漠一片

与你拼接

成为完美的组合

把绝望和希望

放在一起

2020. 03. 28

我躺下　我便死去

我躺下　我便死去
我从荒诞的自我里
走向荒诞的世界里　那些
荒诞的你

我的眼前　是
索阿雷斯大街
是佩索阿的礼帽和眼镜
我的身边　是
布莱士　帕斯卡和一根飘动的芦苇
前方的墙壁上　是马蒂斯
那几个剪纸般的舞女
还有梵高的左耳　静静地
斜躺在地　桌子对面
是　一个灵动的女孩自信的　展望
元宇宙的概念
走廊上　一对男孩　牵着手走去

乌菲齐美术馆的展品
来到了这里　我的大脑
去了意大利的中世纪

我躺下　我便死去

带着荒诞的意念　走向

荒诞的世界里

荒诞的你

2022. 09. 08

我要站立着面对人生的白天

清晨　我决定要起来

我要　站立着面对

人生的白天

我要　把我的黑夜隐藏起来

我要　生机勃勃

我要　光芒四射

我要　说着空洞无物的话语

我还要陪你们做着

天衣无缝的　游戏

我也要编织　一些美丽的谎言

告诉我自己　人生的意义

我总要说服你们　相信

美好　随手可及

然而　我却热切盼望着我自己

可以不言不语

我还不断地祈祷　我的白天

可以快点过去

我只想　回到夜晚　重启

我与死亡的　亲密

为了夜晚　我决定牺牲

白天的那个自己

为了感觉死亡的甜蜜　我愿意放弃

白天的得到与失去

为此　我　愿意

我　愿意　每个昼夜

就让这样的剧本　滚动播放着

日复一日

为此　我乐此不彼

2022.09.09

新华路的远方

新华路的远方
黑夜里　只有一盏灯
一闪一闪的　像
天上的星星

新华路的两旁
种满了悬铃木
长长的路上
空空荡荡
已经没有了什么行人

新华路上的秋风　越吹越响
欢迎着　它的秋雨
又一次飘落在布满了灰尘的　枯叶上
新华路　用它的孤独
在守候
守候着那个
名字叫做冬的
姑娘

2022.09.13

这个白天，会不会来

我知道

窗外的天空

泛起了一片灰白

我知道

挂在那里的星星

已经变得暗淡

隐藏了

昨夜的光彩

我知道

月亮已经开始了

新的盼望

她在等待

等待着

另一个黑夜

太阳呢

我不知道这个白天

会不会来

还是

已经在路上

仍就

烈焰如火

阻挡着一片新绿

生出来

2022.07.25 炎热的早晨

其实 一切都在改变

遥远的非洲海岸
在不停地喷发烈焰熔岩
据说它才是
地球生命力的源泉

听说
太阳是有寿命的
正在不断迈向
死亡的那一天

据说
今天有些云彩
没有听从天气预报的安排
悄悄走得挺远

传说
大人们和孩子们常常一起撒谎
我们离开那些真相又远了一点点
哦……

昨天我做了一个决定：

今天不去上班

而此时

我坐在这个咖啡馆里等待着一场会议

我的灵魂却出走了

飘出了远远的地平线

原来

一切都未停止

一切都在改变……

2022. 08. 15

我是我的女佣

我是我的女佣
清晨
我为自己泡制了一杯红茶

我是我的女佣
常常
我把自己装扮成一朵百合花

我是我的女佣
我要不停地
把我眼前的雾霾吹远

我是我的女佣
洗净我的眼　荡涤我的心灵
把它们装进属于我的象牙塔
这是我的
使命

2021. 11. 20 晨

我的春天

这个冬天
很寒冷

我要把春天
藏起来
不想让她
受伤害

等我
跟太阳商量好
能够
离我近一点
并且愿意
为我多待几天

那时
我就要把
里尔克笔下的春天
移植到
我的小花园

并且

告诉天上的星

请它们

驻留在夜晚

我头顶上的

那片天

2020. 03. 07

你在，微尘就是光

孤独着

渴望月光

悲伤

穿透了夜幕里

星的海洋

曾经

那样的绝望

期待死亡

我

和空无一样

不再憧憬天堂

然而

一粒尘土飞扬

落在了

我的灵魂之上

从此

孤魂拥有了心脏

亲爱的

你降临我的身旁

哦，原来

你在

微尘就是光

2021. 02. 06

我认识神秘

我认识神秘

她

在那里

在这里

无处不在

我认识神秘

她来

她去

她自在

我认识神秘

她是开始

她是过去

她更是未来

我认识神秘

她是我

是你

是有

是无

她是爱

2020. 11. 01

归隐于无声无息

如果你愿意

请让我

从战线上撤离

如果你愿意

请让我

避开人群

阻断与社会的联系

如果你愿意

请让我

离开异乡的都市吧

这里

让我失望有余

如果你愿意

就请让我

带着你的爱

归隐于

无声无息

2020. 11. 06

我的昨天

转眼是冬天
就在
一叶花木间
希望去远行了
追着南飞雁
我与我的思念
一起回到了北方
和
我的昨天

记得那时候
我期待的是
那时候的明天
才知道
那时候的梦想
其实
是今天的样子
一切如
南飞的雁

2020. 11. 21

如果太阳不再升起

如果
太阳不再升起
那么希望
变成了绝望的序曲

如果
月亮逃避太阳
那么月亮不过是一块巨石
丑陋无比

如果
宇宙里没有了群星
那太阳是否还有
存在的可能?

如果
我没有了你
为何还要再去
陪伴每一个黑夜
迎接每一个黎明?

2020. 12. 01

色彩

黑色

那是地狱和魔鬼的

旋律

如我所有的孤寂

白色

它是虚无

也可以与死亡在一起

那是天堂走向永恒的

序曲

在黑色与白色之间

是生命的活跃期

属于你和我的是

红橙黄绿蓝靛紫

所以

我要把光明

带给你

用七彩的旋律

弹奏

我的爱

我的温暖

我的宁静和

神秘

2020. 12. 10

我是一缕静止的风

我是风
我是一缕静止的风
似有若无地存在着

我是风
我是一丝颤栗的风　只有我能够
触摸万物的安宁

我是风
我是那阵站立的风
没有什么
能把我移动

我是飒飒徐徐的清风
装满了恬淡的柔情

我是夏风
吹进了你迷茫的眼睛

我是春风
催醒了你沉睡的心灵

我是寒风吹过

让雪花飞舞

我是凉凉的秋风

吹走一切　多余的　表情

我是风

我是风的身体

我是风的眼睛

我是风

我是风的来世今生

2023. 04. 26

我知道 我和你一样
——向费尔南多·佩索阿致敬①

我知道 我和你一样

用整个的人生

玩了无数次游戏

我知道

所有的游戏

都是同一个结局

我知道 我和你用一样的态度

对待着

生活中的一切 我知道

我也像你一样

已经没有什么可说的

我知道

我还在继续着

或许也称不上什么生活的历史

我知道明天还在继续

---

① 费尔南多·佩索阿（1888—1935）：葡萄牙诗人、作家。
《惶然录》是他的晚期随笔结集，多为"仿日记"片断体。

可我像你一样

也并不觉得这一切与我

有什么关系

然而　我知道

我却还拥有着一丝气息

对这一点我是确定不移的

而且

我和你一样

忠于自己的感觉　胜过一切

于是　我只能

呼吸着　用我所有的力气

活着

看着一样的纸牌

玩着不一样的游戏

由此及彼

2022.12.14

向费尔南多·佩索阿致敬

我想
捧着你的书
去里斯本
去寻找
你的灵魂

我想
吟着你的诗句
去罗得角
靠在你的身边
看云

我想
告诉我自己
用你所说过的话语：
寂静让黑暗变得更黑
寂静让死亡变得更美丽

我想告诉你
我的灵魂
厌倦了我的生命

我只想

与你的灵魂

相遇

2022. 07. 21

这个下午　暴雨骤降

——向费尔南多·佩索阿致敬

这个下午
暴雨骤降

我的灵魂
伴随着雨水
和
一张张破碎的蜘蛛网
一起零落
一起摇曳
一起破碎

随着这场暴雨一起
我的灵魂
散落　一地

2022. 07. 30

为什么?

我想访问太阳

为什么

黑暗来临的时候

你总是不在场

我想访问月亮

为什么

你总是笑得那么

暗淡无光

我想访问这个星球

为什么

你背负着那么多邪恶的物种

还帮助他们

不停地成长

我想访问你们

为什么

不能够善良美好

心地如我　一样

2021. 03. 30

活着死了

上帝活着

未来死了

太阳活着

地球死了

天活着　地死了

今天活着　明天死了

灯还亮着

光已死了

花儿活着

根却死了

你还活着

我已经死了

我怎么还能活着

睁着眼睛

看着　我的心

死了

2021. 09. 12

人如芦草般

有时候

要让这个世界走远

让那个孤寂的你

呈现

告诉你

这是真相的还原

有时候

要让天塌地陷

告诉你

人如芦草一般

弱不可言

有时候

瘟疫是一种必然

告诉你

人与人之间永远亲近不离

那是一种梦幻

一次分离

就如一根秀发脱落

再也找不回

它的家园

2020. 07. 22

活着

活着，就在半睡半醒之间
活着，就在半白半黑之间

活着，就在半虚半实之间
活着，就在半真半假之间

活着，就在生生死死之间
活着，就在爱恨交加之间

活着，就在风风雨雨之间
活着，就在冷暖交替之间

活着，就是一个偶然与一个偶然之间
活着，就在无数个必然之间

活着，就是此刻分分秒秒之间
活着，就是分秒之间那无数个闪念

活着就是如此荒诞
存在于
每个无中生有的刹那里

那一个个生灭

哦
活着是概念
活着是闪念
活着在
心心念念间

2022.08.24

秋天又来啦

秋天又来啦
我想去散步
看看水边的芦苇
坚韧的干枯

秋天又来啦
我想去佘山
透过那里的望远镜　回望
过去的天空

秋天又来啦　我想去
拉雪兹公墓　访问那些
诗情画意的魂灵
还想问候它们
在天堂与地狱里散步的时候
会不会感觉到
秋天的凉和冬天的冷

秋天又来啦
我想去探讨
关于

永恒——究竟

永恒的是梦想

是希望　还是死亡与悲伤?

爱　是一个决定　还是

一个唯一永恒的

桥梁?

2022. 10. 15

两只黑色的鸟儿

两只黑色的鸟儿

飞过了眼前灰色的天空

一朵白色的花

一朵红色的

还有

各样的　绿色

在属于我的飒园里

静默着

一杯白水

装在一个透明的玻璃杯里

还有　一本书

它的封面是黄色的

是　关于未来之国

是　属于斯蒂芬·茨威格①的

我的自然

————————

　　① 斯蒂芬·茨威格（1881—1942）：奥地利小说家、传记作家、诗人、剧作家。

我的社会

我的灵魂

我的世界

我的所爱

我的一切

都在这里了

还有　我　自己

我和我的一切

相处着

在一起

2023.01.23　初二清晨

我的过去才是我的未来

我的过去
才是我的未来

我的黑色
是我唯一的色彩

春天
是我对冬天的期待

对我来说
唯一的建设　便是
对一切的破坏
我学会了
把倒行逆施　看作
是真正的传承
我还要把　美好
装进丑陋里携带

他人都是我的天堂
我自己
则是地狱里唯一的成员

我庆幸

我自己从此无所挂牵

我不想

再去描述相对的光明

从此　我开始了

歌颂　歌颂那些

黑暗的　风采

2023.01.29 晨

我喜欢与自然待在一起

我喜欢自娱自乐地玩着

属于我自己的游戏

我喜欢与自然　待在一起

我喜欢尊重每个人

像尊重我自己

我喜欢你们每一个人

都真实无比

我喜欢虚幻

那是属于我的美妙的时间

但我不喜欢虚假的东西

虚假是一种徒劳

带着尸体的气息

我更喜欢

你们像我一样爱美丽

那样你们的心灵

也会纯净许多

因为丑陋的种子终将发芽

会散发出邪恶的气体

我还喜欢你们
热爱智慧超过对金钱的期许
那样你的生命即使暗淡
也依旧有无穷的活力

我喜欢每个人都懂得
闲暇的美丽
闲暇时还会玩着
自娱自乐的游戏
像我一样
喜欢与自然亲密

2022. 09. 02

雨中的白头翁

你为什么
在风中矗立
你为什么
在雨中停留

你为什么
与痛苦缠绕着
不肯放手
你为什么
把伤害紧紧地捂在
你的胸口
你为什么
不让自己飞走
你知不知道
你在和愚蠢厮守
其实　光明就在那里
你只要寻求
去吧
你只要去寻求

你看

在那里

就在那里

不远的地方

有一棵橄榄树

它的叶子

在向你招手

2021. 05. 24

美

——读《在西伯利亚森林中》① 有感

美

能拯救世界吗

世界需要拯救吗

我是需要被拯救的　而且

美

曾经拯救过我

那么我所爱的

你们呢?

2023. 06. 25

---

① ［法］西尔万·泰松著，周佩琼译：《在西伯利亚森林中》，北京：人民文学出版社，2018 年，第 31 页。

J 城的好

J 城的好
是一汪泉
是几棵柳

J 城的好
是青黑色
泛着银光的石板路

J 城的好
是踏在青石板上面的
那一双双缓缓的脚步

J 城的好
是虞舜耕作时的气息还在呢
并且
揉进了轻吟的山风中

J 城的好
唤醒了
我的一些爱
那是

对

这个世界的

2023.08.04

天空被暴雨冲刷

天空被暴雨冲刷
一尘不染的太阳露出了面颊

然而
大地却更加泥泞

哦　那是灰尘
那是污垢
那是泥沙俱下

那是肮脏
那是丑陋
那是邪恶
它们
从那里来到了这里
它们
从天空来到了大地

然而
大地拒绝了所有

她把这一切

慷慨地赠送给了人类

难道从此

人类便有了原罪

2023. 08. 27

回到这里

——读《顿河》^① 有感

回到这里

与每一棵树的每一道年轮

一起私语

站在这里

有小溪清泉和杨柳

混合着

乡愁情愁春愁秋愁

和虚无缥缈的思绪

一个刹那

从直觉输送到语言里

那是弥漫的灵魂里

苦与难的气息

还有

听到了舞台上你的声音

----

① 《顿河》：1829 年，俄罗斯诗人普希金从俄土战争的前线外高加索回俄国不久写的诗歌。

茨维塔耶娃诵读

完好的人和从前的子孙

你说

死去的人将苏醒

完好的人将死去

受苦受难

是活人的天职

从前的子孙已经把这一切记录

在字典里

是吗　我问你

窗外的秋雨绵绵

无语

双眼可及的楼宇

默默

矗立

有些水珠

从　那棵古老的杨柳最下面的叶尖

滴落下来

融进了无声的溪流里

2023.09.12

读《我来到这世界，是为了观看太阳……》①

为了看看太阳
我来到这世上
巴尔蒙特
你的诗句震颤了我的心房

我要歌唱
为你
巴尔蒙特

为此　我只能冥思苦想
怎样的语句
才能组合成最最恰如其分的乐章
为了看看太阳

再一次　我决定擦去双眼的迷茫
我要去看太阳

我要去看太阳的升起和落下

————————

① 《我来到这世界，是为了观看太阳……》：俄罗斯诗人巴尔蒙特的诗歌。

去看炙热和苍凉

去看每日的风雨雷电与你的相伴

去看去听

你们默契组合的画面和交响

还有　为了看看太阳

我要歌颂黑夜

每日坚定而准时的夜晚

那么多的诅咒

却从未摧垮你的坚守

只有你在忠诚地守候

守候着太阳的永恒

巴尔蒙特

我要与你一起

看看太阳

为了看看太阳

我来到这世上

2023. 09. 14

太阳就是太阳

太阳就是太阳
不需要任何人
把它擦亮

月亮就是月亮
黑夜就是它的天堂

风儿永远没有故乡

我呢
我的灵魂便是我的所有

我的灵魂呢
它在有无之间
生灭
徜徉

2023. 09. 14

时间啊　我很好奇

时间啊

如果我忘记了你

你会寂寞吗?

如果我时时刻刻

目送着你离我而去

你是否会记得

我曾经存在过　在这里?

时间啊

我亲近你害怕你

拥有你逃避你

你可知道

为何　你来了

却不知又去了哪里

而且对我总是不理不睬的?

又是谁让你使我们长大

又让我们一样地老去

时间啊

你拥有灵魂吗?

我很好奇

2023. 10. 12

我的夜晚就是夜晚

我的夜晚就是夜晚

我的夜晚

有时候有暗淡的月亮

我的夜晚就是夜晚

夜晚的时候

有时候也有惨寥星光

有时候伸手不见五指

有时候雨雪茫茫

有时候的视线里

没有了远方

这就是我的夜晚

我的夜晚就是夜晚

夜晚的时候

我只要黑色装满我的眼睛

霸占我的心房

我的夜晚就是夜晚

我的夜晚

不需要被灿烂的光明

照亮

夜晚的时候

有时候充满哀伤

有时候寂寞彷徨

有时候瘫软如泥

有时候心如静水流淌

有时候泪水划过嘴角又被舌尖品尝

这一切　都是害羞的花儿

它们在我的夜晚绽放

我的夜晚就是夜晚

夜晚是我的

是我向我的死神表白和诉说依恋的

天堂

2023.08.25

我要和今天在一起

我要和今天在一起
偶尔想一想
明天的神秘

我要把我自己
从昨天的日子里
移植出来
永远种在
今天的花园里

昨天的云
已经化成了雨
流进
今天的土地
汇成了
一汪泉水
或深或浅
流淌在我的心里

2023.06.03

芦苇丛

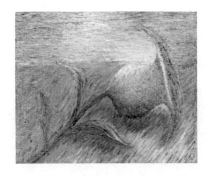

我是一棵思想着的芦苇①

我是一棵思想的芦苇

我在寻找

寻找我的精神

这很艰难

但是我不畏惧

这一点　显而易见

我必须去追求

追求我的尊严

它不在时间里

也不在哪个空间

在我的思想深处

我　领悟了

德行的原则

2023. 09. 26

---

①　标题灵感来自法国哲学家布莱士·帕斯卡《思想录》中的一篇哲理性文章《人是一根能思想的苇草》。

阳光和我

阳光和我　在一起
共度了一个　上午
咖啡　在我的杯子里
晃动着
噪音　在大街上
喘着粗气

我　坐在属于我的椅子上
我　发现
我的灵魂
却　与　我
失去了联系

2022. 12. 13

我知道，我在走

向前
或者
在向后走
我不知道
不能停留

我在向前走？
我在向后退？
我不知道

前后果真有？
我不知道

我知道
我在走

2020. 12. 15

我牵着它　它牵着我

不知道

我来自哪里

我知道

我要穿过沙漠

不知道

我要去哪里

我知道

我在穿过沙漠

我知道

我　需要

一片绿洲

最好两片三片

我知道

我需要

一头骆驼

陪着我

帮着我　一起

向着沙漠之后的沙漠

我牵着它

它　牵着我

2023. 03. 29

清晨，我的双眼被你刺醒

清晨我的双眼被你刺醒

白天你使唤着我的大脑

吸引着我的　眼睛

占据着我的双手

干扰着我的灵魂

你负责展示给别人

我是我自己

你负责　传递给我

排山倒海般的信息垃圾

我想知道

你的主人是谁

我也想知道

谁是我的主人

我很疑惑我能不能主宰我自己？

我很好奇我和我自己

究竟是什么关系？

是谁有权力把真实的我

变得如此虚拟

却又为什么

把虚拟的我

假装成我自己?!

我是谁?

我是　1234567?

我是　ABCDEFG?

我还是　甲乙丙丁戊?

我属于　哪一个次元里的自己?

哈哈，荒诞的游戏真有趣

机器是人类

人类是机器

我们已经不是我们从前的自己

我们从绿洲　走向不毛之地

一路上

我们尽情游戏着我们自己

我们雀跃不已

我们自我陶醉

我们已经不是我们自己

我们从人间走向人间地狱

我们走在一条不归路上

一路上

欢歌笑语

2022. 08. 31

我厌倦了，你呢？

人变坏了
世界乱了
天发怒了
地疲倦了

风转凉了
花不开了
水断流了
冬要来了……

我厌倦了
你呢？

2022.08.31

一只狗一个女人一个男人和收音机

新生路上

一只狗和

一个女人散步

还有一个男人听着收音机

里面是关于

萨尔瓦多的　新闻

天很阴

地很沉

我站在路边

在想

这只狗和萨尔瓦多的关系

2022. 09. 02

我要读书　我要旅行（之一）

我要读书

我要旅行

我要重新开始

学习人类这个物种

比如　我要知道

什么是斯多葛主义

它与亚里士多德的　逍遥派

有些什么关系

当然

还要顺便再回味下

苏格拉底与他的妻子

那不怎么浪漫的　爱情故事

我想去重温　柏拉图的

理想国度

我想再去寻找

西塞罗　塞涅卡　奥勒留　顺便

想一想　那一个皇帝

尼禄……

我也想

提问先哲们　如何　看待

"平等""自然法则"　这些观点

我　还想　去那个

"石柱大厅"① 走一走……

我要读书　我要旅行

我要重新开始　学习　人类

这个物种……

2022.09.06

―――――――――

　　① 斯多葛学派为古希腊哲学流派，其创始人芝诺于公元前300年左右，在雅典创立了该学派。他曾在有彩色壁画的石头柱廊的场所讲学，"石柱大厅"喻指斯多葛学派讲学的地方。

一切都未改变

一切都未改变

外面的炙热

外面的疯狂

外面的无比傲慢

一切都改变不了

我们的担忧

我们的未来

我们的无助

无望和无奈

一切都习以为常

我们的冷漠

我们的卑微

我们的脆弱

和陪伴着的

我们的等待

所有都是本来的样子

什么都难以改变……

2022. 08. 13

听说凤凰落了毛

听说

凤凰落了毛

听说

骆驼瘦死了

听说

巴别塔坚挺着

越来越高大

听说

天涯就在你们手上

听说

海角我们也带来了

今天

我和你相约在

哥斯达黎加

我们近在咫尺

我们远在天涯

我们在巴别塔上

你看不到我

我也没能见到你

虽然我们是邻居

而且常常　一起玩耍

虽然你中有我

我中有你

2021.03.20

新华路上

新华路上
落叶很多
有枫叶
也有悬铃木

有红色的
也有绿色的
还有一些
像用过多年的破旧抹布

有些蜷缩着
有些舒展着
还有些依旧婀娜
我缓缓地走过它们
思忖着
究竟哪一片
像我

2023.07.01　新华路上

我只是一个存在而已

我知道

我常常向自己妥协

我知道

我征服不了自己

我知道

我爱这个世界

可又常常想

脱离这个世界而去

我知道

我是天使

我知道

我也会落进地狱

可是这一切

又有什么关系

我就是这样

一粒种子

一棵草

一朵花

寄生在这个星球的

一个生灵而已

我　不是我自己

我是

一个细胞的排列

一个系统的组合

一个存在而已

2021. 03. 27

如果你愿意（二）

如果你愿意

我想去学习

学习

在这个世界里

世界观还有什么意义

去学习

拉丁文

去了解

经典与当代

是否还有什么联系

去研究

艺术史的未来

怎样把人工智能艺术写进去

如果你愿意

我想坐在你身边

跟你谈论

与此有关的话题

2020. 08. 18

在光的空间里我认识了黑暗
——读辛波丝卡与狄金森的诗句有感

"有些人　在逃离

在太阳之下

逃离另外一些人"

"当光被收起

我们渐渐习惯了与黑暗相遇"

而我

是在光的空间里

在光的空间里

我认识了黑暗　并且与它

成了伙伴

当光被收起

我便拥有了黑暗和

光的记忆

我　也想逃离

逃离那个曾经的

光的空间

并且　带着曾经属于我的光

一起　连同这

属于我的黑暗

逃离

2022. 10. 09

上海　里斯本

——读《惶然录》有感

上海　里斯本

费尔南多·佩索阿

我和你

V 先生和一位 Lady

彼时与此刻

两个时空里的

同一场剧

关于　生活

关于　逃离

关于自由与监狱　关于

费尔南多·佩索阿　关于　你

关于单调

关于伪装

关于睡眠

关于呼吸

关于虚无

关于意义

2022. 12. 03

致魏明德教授①

记得你曾说

说你　是黑夜

记得你还说

说我是　光

于是

我们拥有了

属于我们的

《夜光》

我曾经以为

白天

它比黑夜更美丽

我还以为

光

它是黑暗的　救世主

然而

我　错了

_____

① 魏明德（Benoît Vermander）：汉学家、艺术家、诗人。法国籍，复旦大学哲学学院教授。

105

因为今天

我发现了

有一种黑

他就是白的能量

有一种暗

他的存在

能够把光照亮

2022. 12. 13

致蒙塔莱^①

　　——请你莫要问我们

的确

如你所说

我们时时遭受许多侵袭

它们来自生活之恶

的确

我们真的不是什么

我们也不会祈求任何所得

我们就是一片叶子

成长、枯萎、脱落

土地

是我们的家乡

是我们的　避难所

2022. 01. 14

---

　　① 埃乌杰尼奥·蒙塔莱（1896—1981）：意大利诗人。

读切斯特顿①《驴》有感

如果我是一头驴　我想成为

奥克诺斯的驴

最好是一头　愚笨的驴

如果相貌　丑陋一点　那更加好

我只要　温顺无比

如果我是一头驴　我就可以

默默无语

我还可以　不问收获只管耕耘　并且

我还心甘情愿配合着我的主人

将他不停编织的灯芯草全部吃下去

如果我是一头驴

我想成为　阿凡提的驴

我可以　带着我的主人

去赶集　顺便

让我的主人顺便传播一点与他的智慧有关的消息

如果　我是一头驴

---

① 吉尔伯特·基思·切斯特顿（1874—1936）：英国作家。

我更愿意成为

切斯特顿笔下的那头驴

那样　我　就可以

像我的祖先一样　肩负着　神圣

踏上那个应许之地

如果可以　我想成为一头驴

我只需要和我的主人　在一起

我的主人啊　你在哪里

你的驴就在此地

热切地盼望你

2022.09.29

奥克诺斯　灯芯草　驴子
——读塞尔努达《奥克诺斯》[①] 有感

奥克诺斯

灯芯草驴子

希腊德尔斐湿壁画的故事

特洛伊奥德赛

在阴间

有一个次要的小人物奥克诺斯

一个次要的小人物奥克诺斯

不停地把灯芯草编成草绳

然后才

喂给自己的驴吃

这个次要的小人物

不停地编草绳

喂驴吃

其实

如果不去编草绳

[①]　路易斯·塞尔努达（1902—1963）：西班牙诗人。

也没有什么关系
驴子会照样吃

只是奥克诺斯
一个次要的小人物
不把灯芯草编成草绳
那他还能做什么去？

2022. 08. 17

塞涅卡

马尔恰

痛失了爱子

止不住

悲伤的情绪

当灵魂

即将被绝望代替之时

他听懂了

塞涅卡的话语：

何必为

部分生活而哭泣

君不见

全部的人生

都催人泪下

塞涅卡

用智慧的火花

把人类的痛楚

慰藉

他将真理

与我们

脆弱的人生

联结到了一起

2019. 10. 05

每个人

每个人
都是一个个体
每个人
都是一个独立
每个人
都是一个空间
每个人
都是一个存续
每个人
都是一个孤独
每个人
都是一个荒诞
每个人
都是一个社会
每个人
都是一个自然

每个人都是男人
每个人都是女人
每个人都是孩子
每个人都向衰老走去

每个人

都独自面对

一个不一样的宇宙

你的世界有我

我的世界有你

每个人

都是一个神圣的载体

每个人

都是一个永恒的存在

漂浮在

这个一样永恒的

虚无里

2020. 05. 22

孤独

一棵草

很孤独

一朵花

很孤独

一棵树

很孤独

一个人

很孤独

一个我

更加孤独

所以

我要和我自己

在一起

不能

再分离

2021. 03. 06

一切

一切

都是偶然

一切

都是必然

一切

都是现实

一切

都是梦幻

一切

都是空无

一切

都是存在

一切

都是他者

一切

都是自我的那个

意识使然

2020. 05. 14

一只野猫杀死了一只斑鸠

花园里

一只野猫杀死了一只斑鸠

献给了刚出生的几个猫宝宝……

这一切　引起了我的困扰：

是应该痛斥野猫的残暴

还是蔑视斑鸠的弱小

或者应该歌颂

母爱的英勇和美妙？

我不知道

我不知道

我不知道所有的母爱

是不是都是一种美好

我不知道弱肉强食

是不是真理的味道

我不知道人与人之间

是否也要遵循动物的论调

117

我不知道进化论

真的就那么符合人类的需要

我不知道人类的智慧

是不是仅仅与野猫一样高?!

2022. 08. 23

清晨有人扛着渔网向池塘走去

清晨，有人扛着渔网

向池塘走去

新闻里，遥远的北寒教堂

不再耸立

院子里的小猫

吃着斑鸠的尸体

我呢，心里充满了疑问：

最后的审判　将会在哪里

无神论者

传递着金钱的气息

有神论者

呼唤着他们的应许之地

炎热的天

龟裂的地

孤魂野鬼

应该栖息在哪里？

2022. 08. 27

有些花儿会在春天死去

有些秋风带不来秋的寒意

有些花儿会在春天死去

有些夏天把干旱和炎热

传递给了冬天

有些必然里

藏着太多偶然的秘密

哦，人类与自然

其实从来就是一体

虽然

我们也玩着自娱自乐的游戏

我们却在每一个游戏里

掩埋自己

我们常常

在呼吸中停止了呼吸

我们在活着的时候

已经为自己穿上了丧衣

我们还常常

从绿洲走向不毛之地

许多偶然都是必然

许多秘密其实也不是秘密

就像有些花儿

只能在春天死去

2022. 08. 28

悬铃木上的叶子飞落着在铁丝网的这边

一夜之间　**XH**路上　飘起了雨
一夜之间　还有　几排
绿色的铁丝网　映入双眼

座座高楼　静默无语
悬铃木上的叶子
飞落着

在铁丝网的这边　有些
在那边　也有些　从
铁丝网的空隙里
钻进了　社会面
一夜之间
每个人的身体
被绿色的铁丝网　分割了
有些　在　里面
有些在外面

我
躲在我的角落里
抬望着我的双眼

它们去了伊斯坦布尔　海边之后
又去了
庞贝古城里面那座两层楼高的
两千年之前的妓院

我的大脑　让属于我的荒诞
无限蔓延
我　停留在　在属于我的宇宙
之外的空间

2022. 10. 08

德勒兹　福柯　列维纳斯

遇见了你们

我开始又一次

不再认识我自己

德勒兹　福柯　列维纳斯

欲望与快感

是一个哲学问题抑或是一个更加属于

"自然"的话题

喜欢与不喜欢

究竟是一种感觉还是一种决定

听说哲学的历史

走进了你们的时代

那与萨特们和那些存在主义哲学以及

所有的先哲们

所有的连结点在哪里

日光之下

是不是有了更多的新鲜事

你们说人类从

自我发现走向了自我创造

今晚我初遇了你们
今天是谁的创造

对此我一无所知
我不知道
我期待我自己并且决定

时而仰望星空
时而开辟荒岛
时而在谷底时而在海洋
时而在与苏格拉底对话
时而与你们的明天相遇

我在我的孤岛里创造
创造一个属于我的
天地妖娆

2023. 06. 07

所有的汹涌都是安宁的风情

——读《遗忘通论》① 有感

有些花儿
不愿意迷惑人们欲望的眼睛

有些情愫
不需要生长太多的柔情

有些必然
是某些偶然的影子

有些苦痛
是许多幸福的神灵

"有些颜色
不应该出现在健康的天空"

所有的汹涌
都是安宁的风情

2023.06.16

① ［安哥拉］若泽·爱德华多·阿瓜卢萨著，王渊译：《遗忘通论》，上海：上海人民出版社，2020年。

谁能画出生命之苦——致里希特
——读《孤独之间》① 有感

谁　能吟出灵魂的有无

谁　能画出生命之苦

谁　没有常常无助?

谁　具有永远信奉的能力

谁不曾常常在自己的废墟里行走

谁不是在无话可说的时候

却又自言自语面对着自我的虚无

谁不是　在欺骗自我的时候

告诉自己：我的力量也可以大过宇宙

谁　不迷惑着

究竟　谁是谁

谁　又是谁的所有?

2023. 07. 05

---

　　① 李炜著，于是、袁秋婷译：《孤独之间》，上海：上海三联书店，2022 年。

数据时代

听说

城市要数字化

听说

芯片已经装进了颅脑

开出了电子之花

听说

网络要把万物互联

听说

低轨卫星会快速被消费

想象着某一天

植物会让人类受孕

幻想着

人类可以变成无机的物体

展望着某一日

数据轻而易举调动着人类

之后

它们变成了上帝的上帝

于是

宇宙的命运

终将被改写

数据自如地把人类送进天堂

归还给上帝

只是

谁能告诉我

在这场游戏里

你和我的灵魂

栖息在哪里

2021. 03. 18

无　题

——读《我为什么自己的书一本没写》[①] 有感

读着一本关于书的书

看着一场关于戏的戏

听着一个关于故事的故事

做着一个关于梦的梦

发明了一个关于思想的思想

演绎了一个关于神话的神话

哦

我决定

我决定　做一个关于决定的决定：

去创造

————————

① ［法］马塞尔·贝纳布著，黄雅琴译：《我为什么自己的书一本没写》，上海：上海文艺出版社，2021 年。

去创造一个关于创造的创造：

是的我决定了

去创造

那个创造

讲一个关于故事的故事

做一场关于梦的梦

读着一本关于书的书

进行着关于创造的那个创造

2023. 07. 06

飒园里的松树为何像死了一样

飒园里的松树 为何像
死了一样？自从它的身上
被剪断了铁丝网 它便
不再生长

它是习惯了束缚 还是
在暗自疗伤 它是在
责备 我为什么 归还了它的自由
还是 在惩罚我 从而
决定 不再生长？

花园里的松 我
望着你 不断地
望着你
不断地思量……

你究竟 是死了 还是 在疗伤？
你究竟 是不是 真的渴望着自由
也像我一样？

你是不是 早已 爱上了

被铁丝牵拉着的　生长

你是不是　在　惩罚我：

为你松了绑？　为此　不惜

献上自己的死亡?!

2022. 09. 12

我喜欢夏日的正午

我喜欢夏日的　正午

我喜欢炎风里的烈日

我喜欢这样的时刻

独自散步

一切植物都被挫败了

低着头

我呢更喜欢在此刻踱着步

仰视着太阳

仰视太阳对我的熟视无睹

太阳啊

你到底是魔鬼

还是天使?!

你到底是刽子手

还是救世主?!

霎那间

太阳望着我摇了摇头

轻声地问我:

你, 究竟为什么

要在此刻

外出　散步?!

2022. 08. 07

亚得里亚海

——读《孤独之间》之《自欺与欺人之间》

亚得里亚海

夕阳

画笔

尾巴

艺术

秘密

驴子

博赫纳利

普鲁斯特

阿波利奈儿

杜尚

泉

自欺与欺人之间

意义

2023.07.07

致布勒东的绿色肖像

——读《孤独之间》有感

哦　原来

布勒东与我一样

爱极了　绿色的张狂

我也要为自己画一幅自画像

就像他的那幅一样

绿色的眼睛

绿色的面庞

穿着绿色的衣裳

还有绿色的伴侣

睡在我身旁

让他用感觉的触角

轻触我绿色的心房

帮助我　把理性塞进绿色的垃圾箱

2023. 07. 09

行动便是宣言

——读《贩卖过去的人》^① 有感

日光之下并无新鲜之事

谁　能把过去和现在分开

谁又能敢说

未来不是隐藏在此时和过去里面

智慧的人啊

不需要智慧的话语

他会把过去现在和未来一起装进自己的河里面

并且用他的智慧

荡涤每一片浪花

洗净每一粒泥沙

智慧的人啊

从来不需要智慧的话语

只要行动

行动便是宣言

2023. 07. 11

---

① ［安哥拉］若泽·爱德华多·阿瓜卢萨著，朱豫歌译：《贩卖过去的人》，上海：上海人民出版社，2023 年。

读《看不见的城市》有感①

谁能告诉我
世界上有多少座城市
是看不见的

谁能告诉我
你的城市是轻盈的还是轻浮的

谁知道
哪样的城市被欲望侵蚀得快一些

谁又知道
哪座城能将我的许多欲望融解
哪座城把过去当作未来在建造
哪座既是绿洲又是荒漠

哪座城只能活在过去却不愿再记起
又是哪座城成为了永远的回忆

请问　伊塔洛·卡尔维诺

2023.08.09

---

① 伊塔洛·卡尔维诺（1923—1985），意大利作家。20世纪70年代发表小说《看不见的城市》等，被誉为后现代主义文学的大师。

夕阳

夕阳
躺在黄昏的床上

床的上面
还有我和我的过去

带着我的未来
一起
睡去

月灰灰地亮了
它
主宰了此时的太阳

一切如此井然
听说
这便是秩序

没有谁可以违背的

2023.08.24

搭车人①

——致西尔万·普吕多姆

幸福　不幸
这些词确实有点儿愚蠢

放大生活的皱褶
处处是残破的漏洞和肆虐流淌的洪流

平凡的身躯怎样才有可能逾越

每个人的碉堡难道不全是一座孤岛

抑或意识与感觉
是否那座仅存的吊桥
除此之外难道还有什么其他的途径吗

如果
你想走出孤岛

我是搭车人

2023.08.31

---

① ［法］西尔万·普吕多姆著，张昕译：《搭车人》，上海：上海文艺出版社，2021 年。

茨维塔耶娃

——读《茨维塔耶娃文集》有感

站在岸边

看着河流

这里的河水比河岸多一点

还是相反

烈日下

望着烈日

烈日也凝视着我

烈日啊你可听得懂我心里的话语

行走在人流中

默默不语

我是你们

你们也是我

如何　我们不能交流

我们

作为一个动物而生

谁能告诉我

怎样才能作为一个人

死去

茨维塔耶娃
我爱你如
维纳斯一般
那双手的事业

2023. 9. 6

生而为人

生而为人
有些忐忑
没有技巧
没有目标
不知该如何应付生活

生而为人
有些落寞
不想要的为何会有那么多

生而为人
有些迷惑
从哪里来
又要去哪里
还有　谁是谁的
基本问题依旧无人回答我

生而为人
太多困顿
都是永远不能修正的
过与错

还有一堆

没有钥匙的

锁

2023. 09. 16

我的彼岸花园

我的彼岸花园

有一片花园

生长在彼岸

那里

比宇宙的边缘

略远一点

我的灵魂

它常常会去

并且用

我的生命之泉

浇灌

于是

我唤它：

我的彼岸花园

2023.04.21

我在我的身边装点了许多绿

我在我的身边
装点了许多的绿
然后　想象着
假装
给自己一个　葬礼

想到了　我的周围
许多人　都在静默
包括那些车辆　还有
高高低低的楼宇

这让我有些窃喜：
在这样的日子里
那将是何等的荣耀
如果　真的拥有
这样一个结局

2022. 10. 13　于方寸之间

我的花园

每天

我只想

能看你一眼

我要知道

你

还在我的身边

我离不开你

我的花园

就像

国王不能没有他的臣民

没有了你

我便迷失了

不知道

我是谁

更不知

我在哪里

2021.05.28

明天去里斯本吃早餐

芦苇开始了思想

意志拨动了自然的琴弦

今天我同意

让我的子宫

永别了我自己

另外　我还做了一个决定

明天去里斯本

吃早餐

与布莱士·帕斯卡

还有费尔南多·佩索阿

在一起

2023. 06. 17

我想破坏我的以往

我想破坏我的以往

那个曾经

属于社会的形象

以此迎接衰老和未来　那些

衰老的时光

属于我的一切

我将开始去爱戴

比如皱纹

比如白发

比如那些斑斑点点

浮现在我的脸上

我想破坏我的以往

那些曾经属于一个迎合者的形象

以此迎接我自己　和那些

属于我自己的时光

比如　静默不语

比如喋喋不休

比如精神衰弱

比如脏器衰竭

比如

疾病和死亡

我想破坏我的以往　回到

属于我自己的模样

走向　属于我的

天堂

2022. 10. 25

我决定

我决定
与这个世界一起变得迷茫

我决定
与这个世界共同去感受
被摧残之后的绝望

我决定陪伴着他一起忧伤
我决定变得与这个世界
一样疯狂

我决定像他一样
不再重复上演那个
西西佛的神话

我决定配合着这个世界
共同走向幻灭

最终　我还要陪伴着他
一起死亡
涅槃于那个乌有之乡

2022. 08. 20

在我的世界里

在我的世界里
只有　真理　值得追寻
在我的世界里　唯有真理
值得赞美

在我的世界里
除了真相
其他一切　都　不值得谈论
在我的世界里
真理　比自然　更高贵

在我的世界里　这　才是
人类存在着的　依存
如果　消失了这一切　那
生与死　也就没有了分别
人与万物
更不需要区别对待

人类　不过是一种存在
仅仅是一种存在　仅此而已

2022.09.20

书的世界是我的家园

我又回到了
从前
一幢高高的写字楼下面
那间小小的
书店
买了一本书
与达·芬奇相关

哈哈
上上下下
进进出出
沉沉浮浮
我的世界
不在书外的时候
一定是在书的里面
书的世界
是我藏身的家园

2021. 04. 06

让自如成为一种绝对的存在

我想

在寂静的夜晚

与这个时空

告别

轻轻地远行

直到

飘逝在那些

茫茫星球之间

我想

抛弃万有引力

让自如

成为一种绝对的存在

弥合了伤痛

消失了无奈

不要思想

不要情怀

也可以

不要爱

2021.02.01

沙沙的雨滴

沙沙的雨滴

敲打在窗棂上

远处的街道上

一声发动机的轰响　打破了

黑夜的　寂静

世界

迎来了一个新的苏醒

我的灵魂也起床了

我的灵魂

它在轻轻地问：

亲爱的　你是否愿意

再次睁开你的眼睛？

2022. 10. 27

那里是旷野

我转过身　默默地
向前走去
那里是　旷野

我抬起头　仰望着天空
那里　只有星星

我张开了双臂　拥抱
整个宇宙　轻轻地
对他抱怨着

抱怨着太阳有时邪恶
抱怨月亮　总是软弱
抱怨它们　有时候
将万物的真理　背离

有时候　他们　也忘记了
宇宙的神谕
有时候　它们把自己当成了唯一

有时候　它们　还忽略了

我的灵魂

忽略了我的灵魂

拥有穿透宇宙的　能力

我的灵魂可以改变　改变

对它们的　容忍

我的灵魂可以放弃

放弃与它们的关系

一切的发生就在此刻

此刻我

转过身去　张开了我的双臂

抱怨着　太阳

责备着　月亮

面向着旷野

走去

2022.09.20

绿

眼前一片绿

绿色的世界

川流不息

一片嫩绿

一片枯绿

嫩绿和枯绿

来来去去

2021. 12. 05

让逃避成为我的信仰

世间丑态
你会厌倦吗
我会的

我想
去和林间小溪
生活在一起
让逃避成为
我的信仰

为此，我愿意
与今天的我
诀离
我还想
和你一起去
为了我
你愿意吗

远离尘世的气息
让我们
做成亚当和夏娃

只是这次

我打算拒绝蛇的诱惑

我想

把光明和泉水

还有风儿

当作礼物

送给你

2020. 12. 18

等待，灵魂归来

一本书

趴在我的床头

睡着了

还有一本

敞着它的胸怀

等着我的

醒来

其中的几行字、几句话语

划着船桨

荡漾在

我的脑海

我

闭着我的双眼

等待着

我的灵魂

归来

2022.07.25 晨

月牙儿和彩云

月牙儿和彩云

今晚你们相遇啦?

你们从哪儿来

你们又要到哪儿去呢?

你们如此神秘

你们如此不羁

你们匆匆来去

难道

你们从来不想

终生在一起

永远不分离?

2022. 08. 02

听说你的船还在我们的海上航行

——读洛尔迦《船在海上》有感

听说你的船

还在我们的海上　航行

我的船　却已经

搁浅

在一片　荒漠之中

我　不知道

一夜之间

发生了怎样的巨变

难道

有一只万能的手

将实体与概念偷换?!

让熟悉的一切都无比陌生?

于是

我决定　我决定

从现在起

我要开始

把垃圾当作养料

把太阳当作星星

我要把丑陋当作美好

把大地当作天空

虽然你的船还在我们的海上航行

而我　不能羡慕　我决定

就在我的沙漠之海

闭着我的眼睛　期待

期待着

未来的

姹紫嫣红

2022. 11. 22

远离

去吧

离开这里

灯的海

将会把你淹灭

去吧

去找星星

你看

寂寥的它们

正凝视着你的眼睛

等你入怀

常常

每个夜晚

都在等待

等待着

你的陪伴

还有你的爱怜

快去呀

远离这里的灯光霓虹

灯的海里

那浅浅的爱

转瞬即逝

不会永恒

也不曾

深远

2021. 06. 13

那一刻，是此生最完美的呈现

憧憬着
未来死亡的那一天

那一天
一定很美好
和今生
终于可以说再见

那一刻
灵魂飞走
飞得很远
憧憬着
未来那个人生的终点
灵与身分手的那一天
彼此说声再见

此生的合作
宣告结束
无论是否圆满

那一刻

灵魂依旧是灵魂

躯体依旧是躯体

只是从此

彼此不再纠缠

不再纠缠

为什么灵魂那么高贵

为什么身体那么低贱

不再纠缠

为什么身体不可以听从情感

而去跟从理性的召唤

不再纠缠

为何此生没有快乐可言

是身体的无力

还是灵魂的缺陷

憧憬着未来

期待着

灵与肉不再合作的那一天

彼此获得了自由

这样的分离

那是一种完美

那是一种释然

那一刻

是此生最完美的

呈现

2020. 07. 03

我想去找一片落叶聊聊天

我走了

我想去找一片落叶聊聊天

我走了

我要去寻一枝残花与我做伴

我来了

来到了远方

属于我的那片海

等待着

那一叶孤舟向我驶来

我安然地

向着彼岸驶去

在那里看到的

将是

人生永恒的瑰丽和色彩

我

走过了日出

走过了日落

走过了海

带着

那一枝干枯了的百合

和

那一片落下的叶

2020. 09. 30

新华路上（二）

新华路上
一片悬铃木的叶子
飘落

后来

有一颗种子
落在了上面
长出了一棵无花果

2023. 06. 03

我的蓝色的爱

穿上了那条美丽的蓝与白相间的裙子
我又回到了博斯普鲁斯海峡岸边
灰色的天空飞着
白色的海鸥

我看见
我的蓝色的爱

灰色的天际线
有一丝光芒
闪现在动静之间
还有永恒在里面
在那里
无限延伸的彼岸
我建造了
我的彼岸花园

2023.06.07

致 敬

——读《在西伯利亚森林中》有感

我成了这个世界的死者
天哪　终于
我成了这个世界的死者
我即将完成一次巨大的超脱
我去了自然的里面
远离了世界的蹉跎

是的

我成了这个世界的死者
我去参与了归隐的生活
今天我对着天空说了一整天
明天
我要送给我自己一个自由的漂泊

我还要去向我的泉水致敬
顺便给我的花园里的每一朵花
每一棵树
每一棵草
一个亲吻

一个注视

还有一个拥抱

虽然我成了那个世界里的死者

然而我终于远离

远离世界的蹉跎

2023. 06. 27

致敬阿波利奈尔①

我要飞离
带着咏春的木蝴蝶

我要飞离
乘着它的翅膀
虽然　单薄了一点点
然而　也能去往一个新时代

虽然我早已成年
但是　我却刚刚生下来
从这里结束
从那里开始
就像　阿波利奈儿的
"小汽车"里所言

2023. 07. 19

---

① 纪尧姆·阿波利奈尔（1880—1918）：法国诗人、小说家、剧作家和文艺评论家；参见李炜著，袁秋婷译：《永恒之间》，上海：上海人民出版社，2020 年，第 85 页。

我成了一天的永恒

回到家乡
面对着远山
由暗到明
又　由明到暗

躺在床上
太阳在天上
我成了一天的永恒
太阳围着我旋转

回到家乡
面对着远山
看着左边的朝阳变成了右面的夕阳
我是静止的
太阳还在行动

我成了一颗恒常的星

回到家乡
就像躺在属于我的坟墓里
拥有了隔世的安宁

2023.07.31　济南

时光可以是一个停摆的钟

时光

可以是一个停摆的钟

不再流动

时光

有时候可以倒着走

时光不一定总是陪伴着岁月一起行进

时光

最喜欢与灵魂在一起停停走走

时光

可以重新启动

时光

可以重置所有的感受

时光

有时候是存在的

时光有时候

幻化成虚无中的虚无

献身给了宇宙

纪念一个停摆又重启的钟，2017 年

2023.06.29

偶然的坐标系里

没有什么希望
也没有什么绝望
一切都是自然的样子

不知道什么会来
也不知道哪些会远走
只需要让灵魂戴着眼睛
游弋在任意的时空且做停留

没有什么希望
也没有什么绝望
一切都是本来的样子
偶然的相遇
偶然的分离
偶然的坐标系里
偶然移动的双轴

没有什么希望
更没有什么绝望
一切都是偶然的样子
偶然的坐标

偶然的风景

偶然的停顿

偶然的走

2023. 07. 02

全是未来

在　水流与叶落之间

在　拂动与静止之间

在　冰封与融化之间

在　成长与衰老之间

在　生存与毁灭之间

在

存在与虚无之间

在

来来去去

之间

我看见了

全是未来

2023. 10. 17

为《全球书店步行（第1辑）》^① 而作

书　是一副眼镜
能够明晰弱视者的眼睛

书是一颗石子
让感觉之湖荡起涟漪

书是一叶小舟
带你去探索神秘的孤岛

书是汩汩清泉
洁净蒙尘的心灵

书是独属我的宇宙飞船
甚至常常带我去向宇宙之外的空间

当然　书
还是我随身的利剑
当我在丛林中迷失的时刻

① 汪耀华编：《全球书店步行（第1辑）》，上海：上海人民出版社，2022年。

一本书　一句话语

常常让我脚下路得以显现

2023. 07. 05

热爱你

——读《永恒之间》① 有感

热爱你

洛尔迦

对死亡的憧憬

你的诗句

像极了深秋

一片片金黄的落叶

与骤起的寒风一起飘舞

就在

格拉纳达

你的生

你的死

全部揉进了

你所热爱的泥土

你的格拉纳达

① 李炜著，袁秋婷译：《永恒之间》，上海：上海人民出版社，2020年。

还有你的爱

都在

你的故乡

格拉纳达

至今

还飘荡着

对着基督　佛陀　穆罕默德和潘神

同唱的歌

你所挚爱的那一首

关于

和平

2023. 07. 15

"请不要合上我的眼睛"

——致聂鲁达和《永恒之间》

请不要合上我的眼睛

哪怕在我死后

谁说死后

万事皆空

我确定我仍旧能看见我的魂灵

请不要合上我的眼睛

我想看着我的死亡

就像聂鲁达的诗句里一样

请不要合上我的眼睛

我确定我还会被他感动

并且让感动的泪水流下

请不要合上我的眼睛

我要去寻找他的爱与他的挚爱

还有

我自己的

请不要合上我的眼睛

埃尔南德斯洛尔迦

我要去访问他们　我要去

看看他们的身影

请不要合上我的眼睛

哪怕在我死后

我要看着我的魂灵

跟着他们一起

飞往无际的星星

请不要合上我的眼睛

2023. 07. 18

阿瓜卢萨

——读《生者与余众》① 有感

阿瓜卢萨

莫桑比克岛与世界末日的来到

安哥拉与耶路撒冷的桥

阿瓜卢萨

生者还是余众

孤岛拯救了大陆

被造之物对造物主的再造

阿瓜卢萨

对生灵的另外一种凝视

假装一个海难幸存者

对世界末日的观照

文学命运共同体的诞生

是不是一座

通往世界末日之外的

---

① [安哥拉] 若泽·爱德华多·阿瓜卢萨著，王渊译：《生者与余众》，上海：上海人民出版社，2022 年。

隧道

阿瓜卢萨的凝视
孤岛
隧道
桥

2023. 08. 25

我是宇宙之客

我是宇宙之客
普天之下任我遨游

巴尔蒙特
你童孩般的诗情
把我带到宇宙之外的空

待我的灵魂放弃了我的身体
那将是我终极的幸运

亲爱的巴尔蒙特
或许那时候
我将遇见你
也或许
是一个像你一样的灵魂

2023.09.15

彼岸

遇见了你
在梦里

你
牵着我的手
我们去了
应许之地

那里
有一座高高的山
还有一片海蓝蓝
一艘静静的船
漂荡在港湾

你说
你是我的压舱石
我说
我是你的帆……

我问你
我们去哪里

你说

彼岸……

2020. 03. 19

后　记

对我来说

生命是一种惊喜

对我来说

生存是一种煎熬

对我来说　生活许多时候都过于艰辛

对我来说

在分秒之间渡过与太空的无限链接

是一种神奇

有时候

我知道我是谁

有时候

我又不知　我在哪里

然而

我知道"我在生长"（或许说是变化，我更愿意称其为生长）

并且这种生长

时刻没有停息

诗歌与绘画与我来说

是一种生命流淌

是一种语言性的灵魂表达

当我面对

"人类的无助，爱也无法帮助"① 的时候

这又是一种情感与精神的自我救赎

是"我"

一个生物体的某些时空里的生长方式和生长表现的产物

同时也是属于个体生命的一种度过

而已

借此分享

然而

从某种意义上

这些诗歌并不属于我

属于

与之有关联的每一个人

每一件事　每一个呼吸

每一个夜与日

属于

每一个存在于这个或那个宇宙中给予我无限激励的灵魂

他们是聂鲁达　他们是希克梅特

他们是贺拉斯　他们是阿波利奈尔

他们是塞尔努达

---

　　① ［西班牙］路易斯·塞尔努达著，范晔译：《致未来的诗人》，上海：华东师范大学出版社 2015 年版，第 78 页。

他们是震撼着我的布莱士·帕斯卡

他们是抚慰着我的心灵的费尔南多·佩索阿

他们是那些我读过的并且撞击过我的灵魂的

每一个词语

每一段诗句……

他们所有全部是我的灵魂伴侣

他们便是我的诗与歌……

"凯撒的归凯撒，罗马的归罗马"

所以　这是一种

偿还

郑重地致谢——他们是

……

与我的生命和自一首诗关联着的所有

2024. 02. 24